Fiche de lecture

Document rédigé par Nathalie Roland
maitre en histoire
(Université de Liège)

Le Retour de Martin Guerre

Natalie Zemon Davis, Jean-Claude Carrière et Daniel Vigne

lePetitLittéraire.fr

Natalie Zemon Davis, Jean-Claude Carrière et Daniel Vigne
Une œuvre collective

- **Natalie Zemon Davis, historienne américaine née en 1928 à Détroit**
  Léon l'Africain : un voyageur entre deux mondes (2006)
- **Jean-Claude Carrière, écrivain, scénariste et metteur en scène français né en 1931 à Colombière-sur-Orb**
  La Controverse de Valladolid (1992), roman
- **Daniel Vigne, réalisateur et scénariste français né en 1942 à Moulins**
  La Peur (1992), téléfilm
  Jean de La Fontaine, le défi (2006), film

L'historienne américaine Natalie Zemon Davis (1928-) travaille sur les aspects culturels et sociaux des XVIe et XVIIe siècles en France, notamment sur les femmes et les rituels.

Romaniste et historien de formation, Jean-Claude Carrière (1931-) élabore des scénarios d'adaptation de romans (*Cyrano de Bergerac* ou *Le Roi des Aulnes*). Il est aussi l'auteur d'ouvrages historiques (*La Controverse de Valladolid*, 1992) et philosophiques (*Le Cercle des menteurs*, 1998 ; *N'espérez pas vous débarrasser des livres* avec Umberto Eco, 2009).

Daniel Vigne (1942-) est un cinéaste français connu pour ses nombreux (télé)films tels *Fatou la Malienne* (2001) ou le film biographique *Jean de La Fontaine, le défi* (2006).

Le Retour de Martin Guerre
Un tableau de la société du XVIe siècle

- **Genre :** roman
- **Édition de référence :** *Le Retour de Martin Guerre*, Paris, Robert Laffont, 1986, 269 p.
- **1re édition :** 1986
- **Thématiques :** disparition, usurpation d'identité, justice, religion, histoire vraie

Le Retour de Martin Guerre (1982) met en scène des évènements reconstitués sur la base de documents historiques et plonge le lecteur dans le quotidien des paysans du XVIe siècle. Le village d'Artigat est le centre d'une affaire judiciaire d'usurpation d'identité qui a un grand retentissement à l'époque et par la suite. L'évènement est commenté par Montaigne, Leibniz et Dumas. Janet Lewis s'en inspire pour une nouvelle, *The Wife of Martin Guerre* (1941). Dans les années quatre-vingt-dix, une comédie musicale de Claude-Michel Schönberg et Alain Boublil s'inspire également de cette histoire.

Le roman se divise en deux parties : la première a été rédigée par Daniel Vigne et Jean-Claude Carrière qui ont également travaillé ensemble sur son adaptation au cinéma, la seconde partie est l'analyse de l'historienne.

RÉSUMÉ

Nous ne résumerons ici que la première partie de l'ouvrage, car la seconde reprend les mêmes éléments, auxquels s'ajoutent des explications historiques et des extraits de documents.

LA DISPARITION DE MARTIN GUERRE

Un dimanche d'aout des années 1540, dans le village d'Artigat, le curé célèbre le mariage de Martin Guerre et Bertrande de Rols. Après la cérémonie, le notaire établit le contrat de mariage dans lequel il est spécifié que la femme apporte une dot. Ensuite, un banquet est organisé. À la fin de la soirée, Catherine, la servante des Guerre, conduit les deux époux à leur chambre afin qu'ils consomment leur mariage. Cependant, pendant trois ans, il ne se passe rien. Alors que la mère de Bertrande envisage de demander le divorce pour « raison d'empêchement viril » (p. 18), sa fille refuse. Le jeune couple subit alors les moqueries des jeunes du village. Comme les problèmes sexuels des époux persistent, Catherine, pensant que Martin est envouté, décide de le conduire chez l'aveugle du village qui est aussi guérisseuse, sans succès. Pour aider le couple, la servante et les mères des époux se rendent alors chez le curé : il célèbre quelques messes en leur honneur, mais cela ne change rien non plus. Ce n'est qu'après avoir été exorcisé par le curé que Martin parvient enfin à dépuceler sa jeune épouse. De cette union nait un garçon, Sanxi. Pourtant, malgré ce bonheur, Bertrande se confie à Catherine : rien ne va avec son époux.

Peu après leur mariage, pour respecter la tradition du village, Martin est désigné pour la chasse à l'ours. Le jeune homme, déguisé en ours, se promène dans le village où il effraie les villageois et est poursuivi par les chasseurs. Mais le jeu tourne mal : Martin est frappé par les jeunes gens du village qui crient et l'insultent.

Un jour, Martin est abordé par des soldats qui lui font miroiter un bien meilleur avenir s'il les suit. Alors qu'ils travaillent aux champs, le père de Martin, Mathurin, accuse son fils de lui avoir volé deux sacs de semence, mais Martin s'en défend. Au matin, la famille découvre qu'il s'est enfui. Quelques temps plus tard, ses parents décèdent. Son oncle, Pierre, épouse Raymonde de Rols, la mère de Bertrande, ce qui permet de regrouper les terres et de vivre dans la maison des Guerre où se trouve également Antoine, le fils de Pierre, né d'une union précédente, et les sœurs de Martin.

L'IMPOSTEUR

Près de huit années après la fuite de Martin, un homme, Arnaud de Tilh, se présente au village et se fait passer pour lui. Les deux hommes se sont rencontrés au combat et Martin a raconté sa vie à Arnaud. Accueilli en héros par les villageois, le faux Martin retourne dans sa famille : tous semblent heureux de son retour sauf Bertrande qui reste d'abord distante. Aux dires de Catherine, il est revenu transformé : « Il est parti craintif et peu aimé, tremblant devant son père, rêvant de traverser des montagnes nouvelles. Il revient homme fait, puissant, rieur. Il raconte ses aventures et chacun l'écoute, lui qui ne disait jamais rien, lui le cachottier, lui le solitaire. » (p. 40)

Toutefois, trois ans après le retour de Martin, tout bascule. Un jour, des vagabonds demandant asile sont installés dans la grange des Guerre et un soldat affirme que Martin est en fait Arnaud, surnommé Pansette, originaire de Picardie, tandis que le vrai Martin a perdu une jambe à la guerre. Au départ, Pierre, l'oncle de Martin, ne croit pas à cette histoire. Mais lorsque celui qui dit être son neveu réclame son héritage, Pierre refuse de le lui remettre, commençant à douter de sa véritable identité. Martin le menace alors de porter l'affaire en justice. Bertrande, elle, défend celui qu'elle croit être son mari : « La première qui dit que ce n'est pas Martin, je la tue. » (p. 55) Pourtant, les rumeurs grandissent et bientôt le village est divisé en deux : chacun prend parti soit en faveur de Martin, soit en faveur de Pierre. Finalement, Pierre fait mine d'accepter de lui remettre l'argent, mais il s'agit d'un guet-apens : Bertrande sauve Martin de justesse.

LA RÉVÉLATION DE LA VÉRITÉ

Quelques jours plus tard, Pierre porte l'affaire devant le juge de Rieux, déposant « plainte pour usurpation, vol et détournement, adultère, concubinage, dilapidation » (p. 62). Tous les villageois sont appelés à se prononcer sur l'identité de l'homme qui dit être Martin Guerre. Bertrande est également interrogée et répond clairement qu'il s'agit bien de son mari. Appelé en renfort, le juge Jean de Coras se prononce en faveur de Martin au vu du grand nombre de villageois qui déclarent le reconnaitre.

À peine est-il rentré chez lui que Martin est arrêté par Pierre et quelques hommes, qui brandissent un document officiel signé par Bertrande. Jean de Coras l'interroge alors sur la signature de son épouse : Martin est persuadé qu'elle a agi sous la menace. Tandis que deux témoins reconnaissent l'homme et l'identifient comme Arnaud du Tilh, Martin fait appel devant le parlement et accuse son oncle de calomnie.

Un nouveau procès commence : tous les habitants sont convoqués à Toulouse. Chacun témoigne de l'identité de Martin, faisant notamment référence aux marques physiques. Par ailleurs, ce dernier se défend en faisant témoigner l'aveugle qui l'a soigné et son épouse, qui confirme sa version. Alors que Pierre avance comme preuve le document signé par Bertrande, celle-ci prouve que ce n'est pas elle qui l'a signé. Martin parvient également à démontrer que son oncle a offert de l'argent pour qu'il soit tué. Avant de délibérer, la cour interroge une dernière fois Bertrande qui maintient sa position et évoque des détails très personnels.

Alors que la cour s'apprête à rendre son verdict, un témoin avec une jambe de bois arrive : il dit s'appeler Martin Guerre et identifie l'accusé comme étant Arnaud du Tilh. L'accusé interroge le nouveau venu sur des détails personnels, mais ce dernier semble hésitant et se trompe. Une dispute éclate entre les deux hommes et l'accusé se compromet en affirmant avoir fait des confidences au blessé tandis que, quelques instants plus tôt, il disait ne pas le connaitre. Bertrande se met alors à genou devant le nouveau venu, le reconnait et le prie de lui pardonner. Le vrai Martin accuse Arnaud du Tilh : « Tu étais mon compagnon et tu as trahi mon amitié. Tu ne mérites aucune pitié. » (p. 105) L'accusé passe donc aux aveux : il confirme qu'il a connu Martin à la guerre et que celui-ci lui a raconté une partie de sa vie.

De retour au village, Jean de Coras veut éclaircir un dernier point : Bertrande lui avoue qu'elle était la complice d'Arnaud du Tilh parce que cet homme la considérait avec respect, au contraire de Martin. Lorsque le vrai Martin s'est présenté, sachant Arnaud perdu, elle a reconnu son mari afin de sauver sa vie pour ses enfants. Le lendemain, après avoir imploré le pardon de chacun, Arnaud est pendu puis brulé.

ÉTUDE DES PERSONNAGES

CATHERINE BOËRE

Cette servante âgée de 35 ans est dans la famille des Guerre depuis vingt ans. Issue d'une classe sociale pauvre, elle a perdu sa mère mais a encore deux frères (p. 13). C'est la narratrice : elle donne de nombreux détails car, comme elle le dit, c'est elle « qui veillai[t] à toutes choses » (p. 23). Ce qu'elle n'a pas vu de ses propres yeux, elle le sait parce qu'un personnage lui a raconté, Bertrande par exemple (p. 57). Pacifiste (p. 70), elle a un franc-parler qui lui fait dire tout ce qu'elle pense. Lors du procès, elle affirme reconnaitre Martin par de nombreux signes physiques, vu qu'elle a été sa nourrice.

MARTIN GUERRE

Il est le seul fils de Mathurin Guerre et de Brigitte, une des bonnes familles du village d'Artigat. Décrit comme un « garçon grand et fort, au fond assez brave mais souvent timide et renfermé » (p. 14), il se marie jeune avec Bertrande de Rols. Il a des problèmes qui l'empêchent de dépuceler son épouse, mais il parvient finalement à avoir un fils, Sanxi. Il vit mal sa condition de paysan (p. 23) et se met à l'écart, ne s'occupant pas de son fils. Il prend la fuite après avoir été accusé de vol par son père : il s'en va faire la guerre. Blessé lors d'une bataille, il ignore tout de ce qu'il se passe jusqu'au procès de Toulouse où il peinera à prouver son identité. Il pardonnera à tous, y compris à son épouse.

ARNAUD DU TILH DIT PANSETTE OU LE FAUX MARTIN

Originaire de Tilh en Picardie, il est l'ami de Martin : ils se sont rencontrés à la guerre. Lorsqu'il revient au village de Martin, huit ans après le départ de ce dernier, des hommes le reconnaissent comme Martin et il se fait passer pour lui. Il commence alors à mentir, expliquant son départ par sa volonté de « voir du pays » (p. 36). Mais le doute s'empare des villageois et d'une partie de sa famille : il est revenu transformé tant physiquement que psychologiquement. Le trouble augmente encore lorsqu'un soldat de passage affirme que c'est Arnaud du Tilh, qui a pris la place du vrai Martin, blessé à la guerre. Peu de temps après, il réclame à Pierre les revenus de la ferme. Les deux hommes s'opposent alors et deux procès ont lieu. À l'issue du dernier, la vérité éclate lorsque le vrai Martin arrive : Arnaud les a bernés pendant trois ans. Celui-ci est condamné à la pendaison et au bucher.

BERTRANDE DE ROLS

Fille unique de Raymonde de Rols, la jeune épouse de Martin Guerre est « brune aux yeux noirs » (p. 14). Dévouée, elle tente de donner le gout de la vie à son époux et est très touchée par son départ. Lors d'une dispute à propos de l'identité de Martin, elle s'oppose à Pierre et, malgré les critiques et les menaces, ne plie pas : l'homme qui est revenu est Martin. Elle défend aussi son époux face à sa mère, jalouse du retour de ce dernier qui lui a fait perdre les avantages qu'elle avait obtenus en se mariant avec Pierre. Ce n'est qu'à l'issue du récit que le lecteur comprend qu'elle est en réalité la complice de l'imposteur.

MATHURIN ET BRIGITTE GUERRE

Ils ont eu cinq enfants : Martin et quatre filles. Rongé par le chagrin, Mathurin décède peu après la fuite de son fils, tandis que son épouse meurt un an plus tard.

PIERRE GUERRE

C'est le frère de Mathurin et l'oncle de Martin. Il épouse Raymonde de Rols, la mère de Bertrande, après le départ de Martin. Il est respecté et obéi dans la maison. Travailleur, il cherche à accroitre ses biens et devient un conseiller pour les autres villageois (p. 30). Inquiet à la suite des révélations faites au sujet de Martin, il tente d'abord de rassurer les proches, puis il est de plus en plus persuadé qu'il a affaire à un imposteur. Il met dès lors tout en œuvre pour démasquer le faux Martin, n'hésitant pas à essayer de le tuer (p. 61-62).

JEAN DE CORAS

Ce conseiller au parlement de Toulouse à la barbe noire et de nature curieuse (p. 64) entre en scène lors du premier procès pour venir en aide au juge de Rieux. Utilisant les témoignages de chacun, il rend un premier jugement qui innocente Martin. Lors du second procès à Toulouse, le magistrat se montre « savant et consciencieux » (p. 74). Perspicace, il relève l'incohérence du discours du faux Martin (p. 104). Il termine sa vie sur un bucher, condamné à cause de ses convictions protestantes.

CLÉS DE LECTURE

LE XVIe SIÈCLE, UNE ÉPOQUE TROUBLÉE

Contexte politique et culturel

Au cours du XVIe siècle, l'Europe est déchirée : les rois de France, François Ier (1494-1547) puis Henri II (1519-1559), et les rois d'Espagne et empereurs, Charles Quint (1500-1558) puis Philippe II (1527-1598), multiplient les guerres afin d'agrandir leurs territoires. Martin Guerre entre ainsi au service de l'Espagne. Lors de la bataille de Saint-Quentin (1557), où les troupes françaises sont battues par l'armée espagnole, Martin rencontre Arnauld et perd une jambe (p. 99).

Par ailleurs, les conséquences de la découverte des Amériques commencent à se faire sentir en Europe. Des indigènes y sont amenés pour y être montrés et suscitent de nombreuses controverses au sein de l'Église : ces hommes non christianisés sont-ils des êtres humains (p. 48) ? Jean-Claude Carrière traite de ce sujet dans *La Controverse de Valladolid*.

À l'époque où se déroule l'affaire Martin Guerre, la France se compose encore à près de 90 % de population rurale, et donc de paysans. La plupart d'entre eux vivent dans des situations précaires. C'est un monde où les croyances et les superstitions, religieuses ou non, sont fortement ancrées dans les mentalités. En témoignent le recours à une guérisseuse (p. 20-21), l'exorcisme de Martin par le curé (p. 22) ou encore l'accusation de la pratique de la magie par une paysanne (p. 95).

Dans la société française du XVIe siècle, la majorité des femmes occupent une place marginale : certes, elles travaillent la terre et peuvent vendre une partie de la production (p. 149-150), ce qui leur assure certaines ressources, mais ce sont les hommes qui héritent des biens (c'est Pierre qui récupère les terres de Martin, p. 28-29). Comme c'est le cas pour Bertrande, si les parents en ont les moyens, les filles bénéficient d'une dot et sont mariées ; dans le cas contraire, elles sont envoyées au couvent. Même dans les milieux plus érudits, les femmes accèdent peu à peu à l'éducation. Dans les consciences collectives, une femme doit avant tout être une bonne chrétienne, assumant pleinement son rôle d'épouse et de mère : cela explique notamment les nombreuses réactions autour de la longue attente avant le dépucelage de Bertrande.

Contexte religieux

Le XVIe siècle est une époque particulièrement troublée également au niveau religieux : la chrétienté est divisée par la Réforme protestante qui remet en cause la religion catholique et ses représentants. Dénonçant notamment les abus du pape ainsi que les vices du clergé, les protestants veulent retourner à une religion plus proche des principes du Christ (par exemple en traduisant la Bible latine dans la langue du peuple). Dans *Le Retour de Martin*

Guerre, une référence est faite à la Réforme à travers le personnage de Jean de Coras (1513-1572), qui a réellement existé et qui est protestant (p. 113 et 215-216).

Face aux attaques, l'Église catholique réagit en mettant en place une Contre-Réforme pour renouveler la religion grâce, notamment, au concile de Trente (1545-1563). De plus, la plupart des États chrétiens se lancent dans une politique de répressions et de persécutions envers les réformés : en France, l'évènement le plus important est le massacre des protestants lors de la Saint-Barthélemy (1572) où Jean de Coras fut tué.

LA JUSTICE EN FRANCE AU XVIe SIÈCLE

Le second procès de Martin Guerre a lieu au parlement de Toulouse. Il s'agit du degré le plus élevé de la justice juste après le roi, qui détient le pouvoir suprême. C'est là que se déroulent les procès civils (tout ce qui relève des personnes, de la famille, du patrimoine et de sa transmission, des contrats) et criminels (dans l'Ancien Régime, les comportements contraires aux lois de Dieu et du prince) en appel et quelquefois en première instance (p. 193).

Au XVIe siècle, l'usage de faux est un crime grave : le coupable risque des châtiments corporels ou, comme dans le cas d'Arnaud du Tilh, la mort (p. 108 et p. 184).

Comme on le constate à travers l'ouvrage, les témoignages constituent les preuves les plus fréquentes puisque les preuves scientifiques n'existent pas encore (empreintes digitales, photographies, ADN, etc.). Les juges sont donc chargés de recouper les témoignages car « la justice est là pour faire apparaître la vérité » (p. 95). Lors de la confrontation, l'accusé pouvait critiquer la déposition des témoins (p. 92-93). Le juge Coras accorde beaucoup d'importance aux discours des proches : ainsi, lorsque le vrai Martin Guerre arrive, seule la famille est chargée d'identifier le nouveau venu (p. 104-105).

Par ailleurs, s'il peut sembler étonnant que Martin Guerre se défende seul, il faut savoir que selon l'édit de Villers-Cotterêts (1539), un accusé dans un procès criminel n'a pas le droit de recourir à un avocat (p. 190).

UNE ŒUVRE ENTRE FICTION ET RÉALITÉ

Dans la préface (p. 7-9), les auteurs voient en ce projet à la fois une fiction et un document historique. :

- la partie fictive correspond à la première partie de l'ouvrage ainsi qu'au film. Les auteurs ont fait appel à leur imagination pour recréer les détails de chaque scène, les comportements des personnages ou encore les paroles des évènements qui se sont déroulés hors du contexte juridique et qui n'ont par conséquent pas laissé de traces historiques ;
- d'autre part, la réalité est présente dans tout l'aspect juridique, la description des conditions de vie, les évènements historiques, les lieux et les noms de personnes. Les éléments réels sont distillés dans la première partie du livre et constituent l'essentiel de

la seconde partie de l'ouvrage (non présentée dans le résumé). Celle-ci s'assimile au travail d'un historien en présentant un évènement à la lumière de ce qu'en disent les archives de l'époque.

En mêlant ces deux facettes, les auteurs parviennent à reconstituer le plus fidèlement possible la vérité historique, car il est impossible de l'atteindre complètement : nous ne pourrons jamais avoir les détails les plus intimes de la vie des hommes du passé. Le rôle de l'historien est alors de tenter d'interpréter les évènements de la manière la plus impartiale possible.

Dans l'introduction, Natalie Zemon Davis évoque les ressources dont elle dispose pour comprendre le passé dans ce cas-ci (p. 121-123) :

- un texte juridique : *L'Arrest memorable* de Jean de Coras, édité pour la première fois en 1561. Dans ce document, l'historienne a trouvé les informations officielles, à savoir « les preuves, arguments formels et jugements de l'affaire » (p. 124), mais qui contiennent de nombreuses annotations du juge sur l'affaire, la justice et la morale ;
- un texte littéraire : *Historia* de Guillaume Le Sueur, publié en 1561. Le récit reprend les évènements depuis l'arrivée des Guerre à Artigat jusqu'à l'exécution d'Arnaud du Thil et conclut sur une morale. Mais il s'agit d'un texte littéraire qui donne une vision plus romancée des faits.

L'USURPATION D'IDENTITÉ

L'histoire de Martin Guerre incite le lecteur à se questionner sur l'identité des personnes et sur la manière de la prouver. Comment cette usurpation a-t-elle pu avoir lieu ?

Il faut tout d'abord savoir qu'à l'époque où se déroule l'histoire, il n'existe pas de moyen de contrôler l'identité. Les sceaux et armoiries sont plutôt réservés à ceux qui possèdent des richesses ou du pouvoir ainsi qu'aux communautés. La signature est donc le principal moyen d'identification. Mais, comme le montre le cas de Bertrande (p. 88-89), cela reste encore fort rare, car la plupart de la population ne sait ni lire ni écrire. Dès lors, le système d'identification le plus ancien et le plus utilisé reste les marques et signes physiques : tâches de naissance, cicatrices, etc. Comme le montre le procès de Martin Guerre, les juges font alors témoigner des proches. Le curé d'Artigat cherche un bouton (p. 80) ; Catherine montre une cicatrice au front, deux dents cassées et un ongle enfoncé (p. 81) ; quant au cordonnier, il conclut : « J'ai connu des pieds qui ont forci mais des pieds qui ont rétréci, je n'en connais pas. » (p. 86)

À partir de la seconde moitié du XVIe siècle apparaissent des registres qui mentionnent les baptêmes, les mariages et les décès. Mais il faut attendre la Révolution française et la création de l'état civil (1792) pour voir un réel changement. À partir du XIXe siècle, les documents d'identité deviennent progressivement obligatoires. À l'heure actuelle, il est presque impossible d'échapper à l'identification : de nouveaux systèmes sont sans cesse créés (la biométrie : système enregistrant l'empreinte digitale, le son de la voix, l'iris, etc.). Malgré les progrès technologiques et la coopération entre les différents États, les cas d'usurpation d'identité ou la création de faux documents sont toujours possibles.

D'AUTRES POINTS DE VUE SUR L'AFFAIRE MARTIN GUERRE

Dans les *Essais*, Montaigne (1533-1592) démontre qu'il est difficile pour l'esprit humain de démêler le vrai du faux. Il mentionne assez brièvement le procès d'Arnaud du Tilh qu'il a vu à Toulouse. Il semble surtout avoir été marqué par le côté extraordinaire de l'affaire et par la difficulté, voire la hardiesse, de la décision de Coras (p. 235).

Dans *Les Crimes célèbres* (1889), Alexandre Dumas et Narcisse Fournier donnent une version du procès d'Arnaud du Tilh inspirée des faits historiques, mais beaucoup plus romantique et théâtrale que la version étudiée ici. L'histoire débute à la bataille de Saint-Quentin, avec la rencontre des deux hommes qui se ressemblent comme des jumeaux. Les auteurs ont fait de Bertrande un personnage romantique : c'est une scène de jalousie qui pousse Martin à partir et la femme est submergée par ses émotions (elle s'évanouit à plusieurs reprises lors du procès et meurt en même temps qu'Arnaud du Tilh). Ils ont également pris certaines libertés avec les noms des personnages secondaires.

PISTES DE RÉFLEXION

QUELQUES QUESTIONS POUR APPROFONDIR SA RÉFLEXION…

- Comparez le récit avec la version de Montaigne dans les *Essais*, livre III, chapitre 11 – *Les Boiteux* – et avec celle donnée par Alexandre Dumas et Narcisse Fournier dans *Les Crimes célèbres*, tome VII. Quel est le point de vue des auteurs sur l'affaire ?
- Par quels moyens le faux Martin Guerre a-t-il pu abuser les gens de son entourage ? Cela est-il toujours possible à l'heure actuelle ? Expliquez.
- Sur quel(s) élément(s) Jean de Coras a-t-il basé son jugement ? Que pensez-vous de la nature de ces preuves ?
- Un des thèmes principaux du roman évoque l'identité et son usurpation. Pour vous, quels sont les éléments constitutifs d'une identité ?
- Comment qualifieriez-vous le système judiciaire français tel qu'il est décrit dans le récit ? Vous semble-t-il juste et équitable ?
- Quel(s) but(s) les auteurs poursuivent-ils avec ce livre ? Selon vous, pourquoi ont-ils choisi également de l'adapter au cinéma ?
- Quelle(s) motivation(s) ont poussé Arnaud du Tilh à se faire passer pour Martin Guerre ? À votre avis, était-ce prémédité ?

- Le récit est conté par la servante des Guerre, Catherine Boëre. Quelle(s) impression(s) cela suscite-t-il chez le lecteur ?
- Jean de Coras déclare à Bertrande : « Les femmes, dit-il, sont souvent trompées par les malices des hommes. Nous le savons. C'est pourquoi nous t'avons innocentée. En espérant que tu feras une bonne épouse. » (p. 109) Cette phrase peut-elle vraiment s'appliquer à Bertrande ? Est-elle aussi innocente ? Qu'en est-il de la condition des femmes au XVIe siècle ?
- Le récit doit-il être considéré comme une fiction ou comme un document historique ? Justifiez votre réponse. À votre avis, le métier d'historien diffère-t-il de celui de romancier ? Expliquez.

POUR ALLER PLUS LOIN

ÉDITION DE RÉFÉRENCE

- ZEMON DAVIS N., CARRIÈRE J.-C. et VIGNE D., *Le Retour de Martin Guerre*, Paris, Robert Laffont, 1982.

ÉTUDES DE RÉFÉRENCE

Outre le supplément historique de l'édition de référence, voir :

- ABOUT I. et DENIS V., *Histoire de l'identification des personnes*, Paris, La Découverte, coll. « Repères », 2010.
- ARNAUD C., *Qui dis-je en nous ? Une histoire subjective de l'identité*, Paris, Grasset, 2006.
- TELLE E., « Montaigne et le procès Martin Guerre », in *Bibliothèque d'humanisme et Renaissance*, 1975, tome 37, p. 387-419.

ADAPTATION

- *Le Retour de Martin Guerre*, film de Daniel Vigne, avec Gérard Depardieu, Nathalie Baye et Bernard-Pierre Donnadieu, 1982.

SUR LEPETITLITTÉRAIRE.FR

- Commentaire du portrait antagoniste des Indiens dans *La Controverse de Valladolid* de Jean-Claude Carrière

- Fiche de lecture sur *La Controverse de Valladolid*
- Questionnaire de lecture sur *La Controverse de Valladolid*

Retrouvez notre offre complète sur lePetitLittéraire.fr

- des fiches de lectures
- des commentaires littéraires
- des questionnaires de lecture
- des résumés

Anouilh
- Antigone

Austen
- Orgueil et Préjugés

Balzac
- Eugénie Grandet
- Le Père Goriot
- Illusions perdues

Barjavel
- La Nuit des temps

Beaumarchais
- Le Mariage de Figaro

Beckett
- En attendant Godot

Breton
- Nadja

Camus
- La Peste
- Les Justes
- L'Étranger

Carrère
- Limonov

Céline
- Voyage au bout de la nuit

Cervantès
- Don Quichotte de la Manche

Chateaubriand
- Mémoires d'outre-tombe

Choderlos de Laclos
- Les Liaisons dangereuses

Chrétien de Troyes
- Yvain ou le Chevalier au lion

Christie
- Dix Petits Nègres

Claudel
- La Petite Fille de Monsieur Linh
- Le Rapport de Brodeck

Coelho
- L'Alchimiste

Conan Doyle
- Le Chien des Baskerville

Dai Sijie
- Balzac et la Petite Tailleuse chinoise

De Gaulle
- Mémoires de guerre III. Le Salut. 1944-1946

De Vigan
- No et moi

Dicker
- La Vérité sur l'affaire Harry Quebert

Diderot
- Supplément au Voyage de Bougainville

Dumas
- Les Trois Mousquetaires

Énard
- Parlez-leur de batailles, de rois et d'éléphants

Ferrari
- Le Sermon sur la chute de Rome

Flaubert
- Madame Bovary

Frank
- Journal d'Anne Frank

Fred Vargas
- Pars vite et reviens tard

Gary
- La Vie devant soi

Gaudé
- La Mort du roi Tsongor
- Le Soleil des Scorta

Gautier
- La Morte amoureuse
- Le Capitaine Fracasse

Gavalda
- 35 kilos d'espoir

Gide
- Les Faux-Monnayeurs

Giono
- Le Grand Troupeau
- Le Hussard sur le toit

Giraudoux
- La guerre de Troie n'aura pas lieu

Golding
- Sa Majesté des Mouches

Grimbert
- Un secret

Hemingway
- Le Vieil Homme et la Mer

Hessel
- Indignez-vous !

Homère
- L'Odyssée

Hugo
- Le Dernier Jour d'un condamné
- Les Misérables
- Notre-Dame de Paris

Huxley
- Le Meilleur des mondes

Ionesco
- Rhinocéros
- La Cantatrice chauve

Jary
- Ubu roi

Jenni
- L'Art français de la guerre

Joffo
- Un sac de billes

Kafka
- La Métamorphose

Kerouac
- Sur la route

Kessel
- Le Lion

Larsson
- Millenium I. Les hommes qui n'aimaient pas les femmes

Le Clézio
- Mondo

Levi
- Si c'est un homme

Levy
- Et si c'était vrai...

Maalouf
- Léon l'Africain

Malraux
- La Condition humaine

Marivaux
- La Double Inconstance
- Le Jeu de l'amour et du hasard

Martinez
- Du domaine des murmures

Maupassant
- Boule de suif
- Le Horla
- Une vie

Mauriac
- Le Nœud de vipères

Mauriac
- Le Sagouin

Mérimée
- Tamango
- Colomba

Merle
- La mort est mon métier

Molière
- Le Misanthrope
- L'Avare
- Le Bourgeois gentilhomme

Montaigne
- Essais

Morpurgo
- Le Roi Arthur

Musset
- Lorenzaccio

Musso
- Que serais-je sans toi ?

Nothomb
- Stupeur et Tremblements

Orwell
- La Ferme des animaux
- 1984

Pagnol
- La Gloire de mon père

Pancol
- Les Yeux jaunes des crocodiles

Pascal
- Pensées

Pennac
- Au bonheur des ogres

Poe
- La Chute de la maison Usher

Proust
- Du côté de chez Swann

Queneau
- Zazie dans le métro

Quignard
- Tous les matins du monde

Rabelais
- Gargantua

Racine
- Andromaque
- Britannicus
- Phèdre

Rousseau
- Confessions

Rostand
- Cyrano de Bergerac

Rowling
- Harry Potter à l'école des sorciers

Saint-Exupéry
- Le Petit Prince
- Vol de nuit

Sartre
- Huis clos
- La Nausée
- Les Mouches

Schlink
- Le Liseur

Schmitt
- La Part de l'autre
- Oscar et la Dame rose

Sepulveda
- Le Vieux qui lisait des romans d'amour

Shakespeare
- Roméo et Juliette

Simenon
- Le Chien jaune

Steeman
- L'Assassin habite au 21

Steinbeck
- Des souris et des hommes

Stendhal
- Le Rouge et le Noir

Stevenson
- L'Île au trésor

Süskind
- Le Parfum

Tolstoï
- Anna Karénine

Tournier
- Vendredi ou la Vie sauvage

Toussaint
- Fuir

Uhlman
- L'Ami retrouvé

Verne
- Le Tour du monde en 80 jours
- Vingt mille lieues sous les mers
- Voyage au centre de la terre

Vian
- L'Écume des jours

Voltaire
- Candide

Wells
- La Guerre des mondes

Yourcenar
- Mémoires d'Hadrien

Zola
- Au bonheur des dames
- L'Assommoir
- Germinal

Zweig
- Le Joueur d'échecs

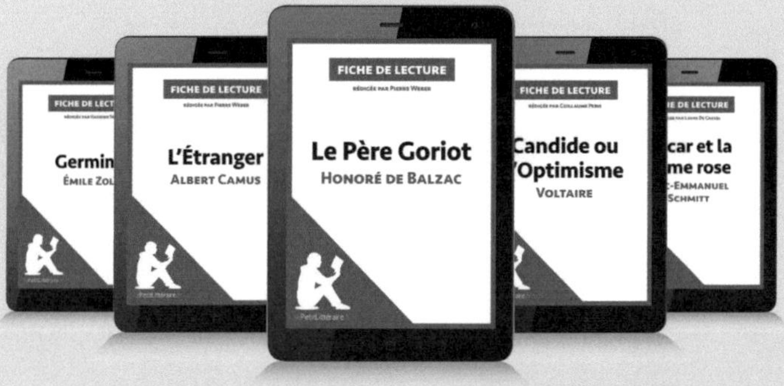

www.lepetitlitteraire.fr

ISBN version imprimée : 978-2-8062-2672-3
ISBN version numérique : 978-2-8062-2670-9
Dépôt légal : D/2013/12.603/180